SECONDE
ÉDITION

35 Cent.

HENRI DE RÉGNIER

Les Scrupules de Miss Simpson

ALBIN MICHEL, Éditeur, 22, rue Huyghens, PARIS.

N° 13

HENRI DE RÉGNIER
DE L'ACADÉMIE FRANÇAISE

Les Scrupules

de

Miss Simpson

PARIS
ALBIN MICHEL, ÉDITEUR
22, RUE HUYGHENS, 22

Les Scrupules de Miss Simpson

« J'attends donc votre visite. Vous nous la devez bien depuis cinq ans que vous n'êtes venu à la Frette. Il est vrai que vous aviez une bonne excuse, celle d'être au fin fond de l'Afrique. Maintenant que vous ne l'avez plus, n'allez pas en chercher une autre. Germaine et Lucie ne vous le pardonneraient pas. Ce ne sont plus, à présent, des écolières, mais de grandes jeunes filles bonnes à marier. Oh ! ne craignez rien ! Vous n'êtes pas un parti pour elles : un homme qui repartira demain pour on ne sait où ! Venez donc. Notre vieille maison vous fera fête, ainsi que Germaine et Lucie et la bonne miss Simpson, que vous avez tant taquinée, et le perroquet Julien et votre vieille amie. Venez. »

Paul Gontier se répétait ces passages de la lettre de Mme Verdellan, dans la guimbarde qui, de la gare voisine, le conduisait à la Frette. Il s'était décidé à y passer quelques jours avant d'entreprendre un nouveau voyage. D'anciens souvenirs le rattachaient à cette Frette, vieille bicoque tourangelle des bords de la Loire, si sympathique avec sa haute toiture d'ardoises, sa terrasse, son beau jardin tranquille. Il n'y retrouverait plus l'excellent M. Verdellan, mort trois ans auparavant, mais Mme Verdellan était encore là, avec sa bonne grâce souriante et son indulgente finesse, et puis Lucie et Germaine devaient égayer l'antique demeure de leur rieuse et charmante jeunesse !

Tandis que le cheval trottait sur la levée de la Loire, Paul Gontier, tout en considérant le fleuve lent, songeait aux parties qu'il avait faites sur ses rives sablonneuses, avec les deux garçons qui étaient maintenant de vraies jeunes filles. Gontier les revoyait, avec leurs robes courtes et leurs pattes dans le dos, toutes deux brunes et fraîches, joues veloutées, yeux malicieux, bouches rieuses, de véritables petites diablesses, franches et simples, toujours prêtes aux excursions et aux jeux, et toujours à l'affût de quelque bon tour à jouer à miss Eva Simpson, leur Anglaise...

A la pensée de miss Simpson, Paul Gontier ne put s'empêcher de sourire. L'Anglaise de Lucie et de Germaine était une vieille fille d'une cinquantaine d'années. Depuis plus de quinze ans dans la maison, elle faisait partie de la famille et y était aimée de tous pour son dévouement et sa bonté. Mais si elle inspirait l'affection, elle ne commandait pas le respect. Cependant, miss Simpson n'était nullement ridicule. Fort instruite, elle n'était ni disgracieuse, ni laide, mais son visage agréable, aux traits réguliers et fins, avait la particularité d'exprimer une sorte de malaise et d'appréhension perpétuels et inexplicables. La vérité était que la bonne miss Simpson était atteinte de la maladie du scrupule. Elle se faisait de toutes choses des cas de conscience qu'elle résolvait pour elle-même avec une contention d'esprit qui lui crispait anxieusement le visage et l'égarait en des distractions infinies.

Ces distractions donnaient beau jeu à Lucie et à Germaine et les petites pestes en profitaient pour se livrer à mille folies et pour tendre à miss Simpson mille pièges innocents où elle tombait régulièrement, à la grande joie des fillettes. Miss Simpson leur pardonnait ces menus tourments, car elle adorait ses élèves. Pour elles, elle avait consenti à vaincre l'horreur qu'elle éprouvait pour un certain perroquet nommé Julien dont Paul Gontier avait fait présent à ses petites amies et qu'il allait sans doute retrouver sur son perchoir.

Le perroquet Julien était, en effet, à son poste, dans le vestibule, lorsque Paul Gontier y pénétra, escorté de Mme Verdellan et de ses filles. Seul, Julien ne paraissait prendre aucun plaisir à voir ce visiteur qu'il considérait froidement de ses petits yeux ronds et métalliques. Paul Gontier se préoccupait peu de cette ingrate indifférence.

Il éprouvait une douce émotion de se retrouver à la Frette. La vieille maison était toujours accueillante, Mme Verdellan toujours avenante sous ses cheveux blanchissants, Lucie et Germaine délicieuses en leur jeunesse embellie, mais où était donc miss Simpson ?

A cette question, le visage de Mme Verdellan s'embrunit:

— Miss Simpson, vous la verrez ce soir. Elle est dans sa chambre... Ne riez donc pas ainsi, Germaine et Lucie ! Ces petites ne respectent rien. Eh bien ! oui, mon cher Paul, vous tombez en plein drame. Figurez-vous que miss s'est mis en tête de nous quitter. Elle prétend que, maintenant que Lucie et Germaine sont grandes, elle ne sert plus à rien ici, qu'elle est une bouche inutile. Alors, elle veut s'en aller, retourner en Angleterre, se placer ailleurs. Vous pensez bien que je ne l'entends pas de cette oreille et que je ne veux pour rien au monde me séparer de miss. Que ferait-elle hors de la Frette ? Je lui ai tout dit, mais vous connaissez ses scrupules. C'est vrai que Lucie et Germaine sont presque fiancées. Eh bien ! qu'elle attende. Elle fera l'éducation de leurs enfants. Mais elle est butée. Elle est montée dans sa chambre et elle s'est enfermée à clé. Nous en sommes là... Mais vous, tâchez de la convaincre, elle vous écoutera peut-être.

Paul Gontier réfléchissait. Cette scrupuleuse délicatesse de miss Simpson le touchait ; il y trouvait quelque chose de charmant et de stupide, de cocasse et d'émouvant. Cette détermination absurde venait d'un louable sentiment de dignité. Cependant, on ne pouvait laisser partir miss Simpson. Mais quels arguments employer ? Germaine et Lucie ne riaient plus. Toute la fin de l'après-midi se passa à chercher des expédients et à parler de miss Simpson. Du jardin, on regardait les fenêtres de la chambre que, depuis quinze ans, miss ornait, chaque année, de nouvelles chromos de Christmas et de nouveaux portraits de la famille royale d'Angleterre.

On gagna ainsi l'heure du diner. On était réuni au salon et miss Simpson tardait à descendre. Enfin, elle parut et répondit avec gravité au salut de Paul Gontier... Son visage exprimait une sorte de satisfaction mystérieuse. « Cette Simpson serait-elle vaniteuse ? se demandait Paul Gontier, et trouverait-elle quelque héroïsme à sa conduite ? Ces vieilles cervelles d'Anglaises sont si baroques que l'on ne sait jamais ce qui s'y passe. » Évidemment, il se passait quelque chose dans celle de miss Simpson. Paul Gontier le constatait, tandis que l'on se dirigeait vers la salle à manger, en traversant le vestibule sous l'œil narquois du perroquet Julien.

À table, en face de lui, Paul Gontier considérait miss Simpson. Elle se tenait très droite, avec, toujours, sur le visage, cette même satisfaction mystérieuse. On eût dit qu'elle attendait qu'on l'interrogeât.

Tout à coup, la voix de Paul Gontier s'éleva :

— Dites-moi, miss Simpson, est-il vrai que vous vouliez quitter la Frette ?

À cette question, miss Simpson rougit. Un étrange sourire distendit ses lèvres et, lentement, avec le sérieux de quelqu'un qui a résolu un grave problème et pris une grave résolution, miss Simpson accentua ces mots mémorables :

— Aoh ! puisque, tous, vô le vôlez, j'ai décidé que je resterais, mais j'apprendrai l'anglais au perroquet...

Et miss Simpson, plus rouge encore, plongea sa cuiller dans son assiette, tandis que Germaine et Lucie, avec des cris de joie, se précipitaient sur elle pour l'embrasser et que Mme Verdellan et Paul Gontier évitaient de se regarder pour comprimer le fou rire qui leur montait à la gorge.

LA LETTRE DE JANINE

« Mon ami aimé, je pense à vous. Les belles fleurs que vous m'avez apportées sont là, tout près de moi, dans le vase qui vous plaît, sur la petite table auprès de laquelle vous étiez assis cet après-midi. Elles embaument le salon où je suis seule, ce soir. Elles sont très belles parce que vous ne savez comment gâter votre Janine ; elles sont toutes blanches parce qu'elles sont un bouquet de fiancée. Aussi je les regarde avec un tendre bonheur auquel se mêle un peu de crainte, car c'est une grande et mystérieuse chose que d'être aimée, pour une petite fille comme moi qui, il y a huit jours, ne songeait pas plus au mariage qu'à être nommée maréchal de France ou chef du Protocole !

« Aussi suis-je encore un peu troublée de ce qui m'arrive, et maman, après dîner, m'a trouvé si mauvaise mine qu'elle n'a pas voulu m'emmener passer la soirée chez nos vieux amis les Brancourt, où nous allons tous les jeudis. Papa et maman sont donc partis seuls en me faisant promettre de me coucher de bonne heure. Mais il n'est pas encore tard ; mes fleurs sentent bon. Votre fauteuil est resté à côté de la petite table, à la même place où vous étiez assis et d'où vous me regardiez avec tant de bonté pendant notre causerie d'aujourd'hui.

« Elle m'a été bien douce, et maintenant que vous n'êtes plus là pour m'intimider et me rendre sotte, il me semble que je goûte mieux tout ce que vous m'avez dit de passionné, de délicat, de gentil. Ah ! Robert, comme je vous suis reconnaissante d'être avec moi si patient et si attentif, comme je me sens touchée de ce charmant, de cet indulgent désir que vous témoignez de tout connaître de ce qui fut ma petite vie d'avant le grand jour où la vraie vie s'est ouverte devant moi, celle qui sera la nôtre bientôt et que nous vivrons ensemble... Alors vous m'interrogez et je réponds à vos questions, si mal, si gauchement que j'ai parfois envie de vous battre !

« Car c'est très difficile de parler de soi, Robert, très difficile, et puis vous êtes curieux, très curieux, avouez-le ; vous voulez savoir mes goûts, mes préférences, mes antipathies, mes habitudes. Cela passe encore ! Mais vous voulez en apprendre davantage, comme si vous n'étiez pas certain de la seule chose qui compte : que je vous aime de tout mon cœur et de toute mon âme. Vous voulez que je vous dise mon caractère, mes façons de penser, le fond même de ma nature. Et ce n'est pas tout. Ainsi, aujourd'hui, vous m'avez demandé de vous parler de mon enfance, de vous raconter quelque trait qui vous renseigne mieux sur votre Jeanne enfant que les photographies de l'album, l'album où papa a collé avec orgueil tous les kodaks qu'il a pris de moi depuis mon bas âge, tous jusqu'à celui où vous figurez dans ce groupe de garden-party, où je vous ai rencontré pour la première fois.

« Je viens de les feuilleter de nouveau, ces photographies, et il y en a une sur laquelle mon regard s'est arrêté avec complaisance. Oh ! vous ne l'avez pas remarquée, j'espère bien, car j'y suis laide, laide. Je dois avoir six ou sept ans. Je suis une grosse petite fille joufflue. J'ai un affreux chapeau de jardin, car cette photo-là a été faite à la Verdalière, et je tiens entre mes bras un horrible chien efflanqué, sans race, que je serre amoureusement sur mon cœur.

« Il s'appelait Biscuit, ce chien, et il appartenait au concierge de la Verdalière. Cette Verdalière est une propriété en Seine-et-Marne que papa avait louée, une année. Dès mon arrivée, j'avais découvert Biscuit. Il m'avait accueillie par des jappements furieux et avait tourné autour de moi d'un air hargneux. Miss Bell avait signalé à ma mère la présence de cette bête criarde, ahurie et boueuse, mais les façons rébarbatives de Biscuit ne m'avaient pas découragée. C'était le coup de foudre. Je ne pensais qu'à Biscuit. J'en rêvais la nuit, et l'amitié de Biscuit me paraissait le plus enviable des trésors.

« Je ne sais plus comment je l'obtins, par quelles prévenances, par quelles bassesses, mais, au bout de quelques jours, Biscuit répondit à mes avances. Il cessa de m'aboyer, ne s'enfuit plus quand je l'appelais et consentit même à me suivre. Ce triomphe m'enivra et je me sentis pour Biscuit une immense tendresse, à laquelle j'étais persuadée qu'il répondait. Bientôt, il ne me quitta plus et nous devînmes inséparables, malgré miss Bell, qui avait peur des chiens, et que Biscuit épouvantait quand il gambadait autour d'elle.

« Sa terreur redoubla ma passion pour Biscuit. N'en concluez pas que je fusse méchante. J'aimais bien miss Bell, mais j'aimais encore plus Biscuit. Oui, je l'aimais de tout mon petit cœur d'enfant tendre. Je l'aimais parce que je pensais à ce que Biscuit avait dû souffrir de n'être pas aimé, et je voulais lui donner tout le bonheur qu'il n'avait pas connu avant moi. Oui, cette grosse petite fille de la photo était un cœur sensible, et Biscuit en profitait.

« Je ne puis vous dire quelle place tenait Biscuit dans ma pauvre petite vie ! C'est ridicule, je le sais bien, mais je suis sûre, Robert, que vous ne rirez pas trop. Et puis Biscuit était si heureux ! Il était nourri à notre table, comblé de sucreries et de gâteaux, choyé, caressé, et il acceptait tout cela avec un sans-gêne et une placidité de philosophe. Eh bien ! malgré cette attitude désintéressée, je croyais en lui ; j'avais confiance en son amitié et c'est ce qui fit que, l'été étant venu et la grande chaleur fatiguant maman, j'appris sans trop de chagrin qu'on allait à la mer passer le mois d'août et qu'on n'emmènerait pas Biscuit.

« Néanmoins, je ne partis pas sans faire toutes sortes de recommandations à son sujet et j'avais le cœur gros en quittant la Verdalière, mais je me laissai distraire par le voyage, et puis la plage, avec son sable, ses algues et ses coquilles, avait bien de l'attrait pour une fillette de mon âge. Cependant, Biscuit ne cessait pas d'occuper ma pensée.

Comme il se serait amusé à courir à la vague et à creuser
la grève avec ses bonnes pattes !...

« Enfin, le moment de revenir à la Verdalière arriva.
J'avais hâte de retrouver la maison spacieuse, le vaste
jardin et Biscuit, le cher, l'aimé Biscuit... Ah ! comme il
devait m'attendre et quels sauts de joie il allait faire, à
l'épouvante de miss Bell, en me léchant la figure !

« Quand la voiture s'arrêta devant le perron, mon cœur
battait. A peine descendue, je regardai autour de moi. Où
était Biscuit ?... Il était là, allongé sur le sable de l'allée,
plus poussiéreux, plus dégingandé que jamais ; il était en
train de jouer avec une vieille savate. A mon appel, il ne
daigna pas se déranger. Je m'approchai, les bras tendus.
Biscuit se leva avec la mauvaise humeur de quelqu'un que
l'on dérange, secoua ses oreilles, me considéra dédaigneuse-
ment et se remit à ronger son bout de cuir, tandis que
j'éclatais en sanglots désespérés. Biscuit ne m'avait pas
reconnue !

« Ce fut un de mes plus grands chagrins d'enfant, mais
il ne faut pas en rire ; mon ami si bon et si cher ! Et puis
n'est-ce pas vous qui m'avez poussée à cette confidence ?
Aussi ai-je obéi à votre attentive tendresse. J'ai si confiance en elle et j'en aurai tant besoin ! Mais je sais qu'il ne
faut pas que j'aie peur et qu'avec vous j'aurai le droit
d'être moi-même, que je n'aurai pas à voiler à votre délicatesse cette sensibilité, excessive peut-être, mais si vraie,
qui est au fond de moi et que vous saurez garantir des trop
rudes atteintes de la vie, et vous voudrez bien que votre
Janine soit toujours un peu cette enfant au cœur naïf et
trop tendre, et qui pleurait toutes ses larmes parce que le
chien Biscuit ne l'avait pas reconnue. »

LA CORRECTION INCORRECTE

Ce fut à un déjeuner de campagne, chez mon vieil ami Jacques Laugerou, que je fis la connaissance du jeune prince de Hartenberg-Sünderwald.

Notre amitié, entre Jacques Laugerou et moi, date de loin. Elle commença sur les bancs du collège Saint-Martial. J'étais en seconde quand, le matin de la rentrée, la place que l'on m'assigna à l'étude me donna pour voisin un nouveau, en la personne d'un gros garçon à figure joviale, qui, après m'avoir adressé un sourire avenant, se mit, sans plus faire attention à moi, à ranger, dans son pupitre, ses livres et ses cahiers. J'étais, ce matin-là, d'une humeur de rentrée, c'est-à-dire fort mauvaise. Je m'étais, la veille encore, chamaillé avec mes parents, ayant essayé, en vain, d'obtenir de mon père qu'il me dispensât de mes études classiques et me laissât m'adonner au dessin et à la peinture pour lesquels j'avais un goût marqué. Je voulais quitter le collège et aller travailler dans un atelier. Mon père, naturellement, ne l'entendait pas de cette oreille. Que je fusse peintre, si telle était ma vocation, il ne demandait pas mieux, mais il tenait à ce que, auparavant, je fusse bachelier. La carrière artistique n'en est une que pour ceux qui ont un vrai talent et rien n'assurait que j'en eusse jamais assez pour que le mien dépassât celui d'un amateur, malgré certains dons que mon père ne me déniait pas, mais auxquels il n'avait pas une entière confiance. Que je passasse donc mon baccalauréat, et, ensuite, on verrait! Ma mère était du même avis. Seul du mien, j'avais dû reprendre le chemin du collège Saint-Martial. Collégien toute la semaine, je ne serais peintre, pour le moment, que les jeudis et les dimanches. En dehors de ces deux jours, j'aurais la ressource de couvrir de croquis les marges de mes cahiers et de caricaturer mes professeurs et mes condisciples.

Tout en maugréant contre mon sort, je songeais à la bonne charge qu'il y aurait à faire de mon voisin d'étude, Jacques Laugeron. J'avais lu son nom sur la couverture d'un de ses livres, tracé d'une forte écriture régulière. Cela ne ressemblait guère à la belle signature compliquée et aux monogrammes décoratifs que je m'étais composés et que je voyais déjà s'inscrire au bas de mes tableaux et au coin de mes eaux-fortes. La signature de Laugeron était plus commerciale qu'artistique. D'ailleurs, il devait être lui-même fils d'industriel ou de commerçant. Or, sans mépriser personne, j'avais le sentiment d'être, moi, un garçon de « bonne famille », ce qui comptait à Saint-Martial, où le recrutement était assez mêlé. Il en résultait, entre élèves, la formation de groupements distincts. Une classe à Saint-Martial comprenait ses nobles, ses bourgeois, grands ou petits, et son populaire. De par cet usage scolaire Laugeron et moi n'appartiendrions pas à la même coterie. La mienne, plus par mon nom que par mes goûts, me rattachait à l'aristocratie saint-martialienne. Ma particule m'y avait placé et je m'étais laissé faire, quoique je susse fort bien que mes origines nobiliaires n'avaient rien d'illustre et qui fît de moi un être très différent de Laugeron ou de tel autre de mes camarades avec qui je ne frayais pas, parce que nos mœurs d'école en disposaient ainsi.

Néanmoins, bien que ma vanité fût modérée, Laugeron m'apparaissait, cependant, comme quelque peu inférieur socialement et esthétiquement, car il n'était pas beau, avec sa tête ronde, son teint coloré, ses grosses mains qui fourrageaient dans son pupitre, et dont je suivais les mouvements avec une attention distraite.

Mon voisin Laugeron devait être un garçon ordonné, car, au bout de quelque temps, son pupitre était admirablement rangé. Livres, cahiers, plumiers y étaient disposés avec une extrême ingéniosité. Tout cela se superposait, s'emboîtait de façon à tenir le moins de place possible. Quand le résultat cherché eut été atteint, Laugeron poussa un soupir de satisfaction et considéra un instant son œuvre avec complaisance, puis, tirant de sa poche un portefeuille, il en sortit trois photographies qu'il fixa soigneusement avec des punaises à l'intérieur du couvercle de son pupitre. Cela fait, il le referma avec un bon sourire. Je m'aperçus alors qu'il avait les yeux fins et la bouche spirituelle, mais la cloche sonnait la récréation, et il se leva gaiement. Je le laissai sortir le premier, feignant de ranger quelques papiers, puis, avant de le suivre, je soulevai doucement le couvercle de son pupitre. Les trois photographies que Laugeron y avait fixées représentaient, l'une la *Joconde*, l'autre l'*Indifférent*, de Watteau, la troisième reproduisait un dessin d'Ingres.

Dès lors, je considérai Laugeron avec une estime nouvelle. Ce gros garçon aimait donc le dessin et la peinture ? L'infériorité qu'il avait eue à mes yeux diminuait singulièrement, et, dans les jours qui suivirent, je trouvai le moyen de lui rendre quelques menus services de voisinage. Je remarquai qu'il regardait parfois à la dérobée les croquis que je crayonnais sur mes cahiers. Une obscure sympathie naissait entre nous, mais nous n'osions pas nous avouer nos goûts réciproques. Nous étions mutuellement intimidés et puis, nous ne faisions pas partie du même clan ! Néanmoins, en récréation et en étude, nous échangions quelques mots, mais jamais sur le sujet qui eût dû nous rapprocher. Nos coteries nous séparaient. Laugeron avait été adopté par le tiers-état de la classe de seconde. Son père était fabricant de meubles en gros, et on rencontrait de par les rues des voitures à son nom qui transportaient les mobiliers de pacotille que l'on confectionnait dans ses ateliers du faubourg Saint-Antoine. Malgré tout, il était évident que Laugeron et moi nous nous intéressions l'un à l'autre, et une circonstance fortuite finirait bien par nous réunir quelque jour.

Ce fut le premier jeudi de novembre que l'événement se produisit. Le peintre Legrat exposait à la galerie Bertin une série de ses pastels. Legrat est maintenant illustre, mais, à l'époque dont je parle, il était rangé parmi les novateurs dangereux et son talent, hardi et rude, faisait scandale. Et, pour moi, à cette même époque, rien n'était plus beau que le scandale en art. Il me semblait un des garants du génie, et je n'imaginais pas le talent sans lui. J'allais, d'instinct, avec une naïveté touchante et un enthousiasme irréfléchi, aux manifestations les plus avancées. Le bizarre, l'incohérent, le monstrueux, m'enchantaient. Il suffisait que l'on se déclarât « indépendant » pour mériter mes admirations les plus ferventes et les plus inconsidérées. Des hardiesses, je distinguais mal les réelles des factices. Toutes étaient bonnes à m'exalter, et je confondais le bluff avec l'originalité. Je ne mettais guère de différence entre un artiste sincère et un faiseur. Legrat n'est pas de ces derniers, c'est un grand peintre, mais, à cette époque, il était encore considéré par beaucoup de gens comme un faiseur et comme un demi-fou. Aussi allais-je à lui avec une ardente curiosité.

En entrant dans la galerie, la première personne que j'aperçus fut Langeron. En nous reconnaissant, nous rougîmes l'un et l'autre jusqu'aux oreilles, mais, avant que j'eusse eu le temps de m'avancer vers lui, Langeron s'était élancé vers moi, m'avait saisi par le bras et m'entraînait vers les cimaises. Au bout de dix minutes, nous nous tutoyions. Nous restâmes trois heures devant les Legrat, jusqu'à la fermeture. Langeron adorait la peinture, mais il aurait été incapable de dessiner un nez. Cette ignorance n'enlevait rien à sa passion. Il connaissait tous les peintres et il citait des noms, des noms. Ah ! j'étais heureux moi qui, un jour, joindrais le mien aux leurs, car Langeron ne doutait pas de mon avenir. Et, l'exposition de Legrat fermée, nous continuâmes notre conversation à travers les rues.

A partir de ce jour, je ne quittai plus Langeron. Nous devînmes inséparables. Du coup, ma vie scolaire en fut bouleversée. Ne pouvant y faire admettre Langeron, je désertai mon clou et cessai de figurer à l'humble place que

j'occupais dans l'aristocratie saint-martialienne. Je fus
traité de transfuge et on me jugea sévèrement. Je m'étais
déclassé. Quelqu'un ajouta que je m'étais « enlaugeronné ».
Pour un peu, on m'eût mis en quarantaine. Que m'impor-
tait ? J'étais parfaitement heureux. Laugeron et moi pas-
sions nos récréations à discuter de notre sujet favori, pendant que nos camarades de la « haute » et de la « basse »
parlaient courses, théâtres ou femmes. Les jeudis et les
dimanches, nous courions les musées et les expositions, si
bien qu'à force d'être fou de peinture, je ne dessinais
presque plus. Mon père s'en félicitait, heureux, aux jours
de congé, de ne plus me voir toujours un crayon à la main.
Il attribuait ce changement à la bonne influence de Laugeron. Aussi, quand Jacques venait à la maison, mon
père était-il très aimable pour lui. Naturellement, nous ne
disions pas un mot de notre folie picturale. Parfois, ma
mère regrettait bien un peu que je ne fusse pas lié avec des
garçons d'une origine plus relevée et d'un milieu plus dis-
tingué. J'aurais pu me faire, à Saint-Martial, des relations
plus utiles pour l'avenir. Mais mon père m'approuvait.
Il se piquait de libéralisme d'esprit : « Eh ! ma chère, disait-
il, laisse donc François choisir ses amis comme il veut.
L'essentiel est qu'il fasse honneur au nom qu'il porte dans
quelque milieu qu'il le mène. François sait ce qu'il lui doit
et ce qu'il doit à ceux qui le lui ont transmis. Le temps n'est
plus aux préjugés de naissance. Nous sommes loin de
l'époque où l'on pouvait se renfermer dans sa caste. S'il y
a encore des nobles en France, il n'y a plus de noblesse.
Conservons donc le souvenir de notre passé familial, non
pour qu'il nous entrave, mais pour qu'il nous soutienne. Si
notre fils veut épouser plus tard une fille de la bourgeoisie,
je l'en laisserai libre, comme je le laisse libre, aujourd'hui,
de se lier avec Jacques Laugeron. » Une jeune fille de la
bourgeoisie ! Hélas ! pauvre papa, savait-il que je n'avais
d'yeux que pour la *Joconde* et autres dames peintes sur
toile ! Savait-il que tout m'était indifférent, hors ma passion
artistique, même les histoires de famille qu'il aimait tant à
raconter, non par vanité, mais parce qu'il est bon de savoir

ce que l'on a été dans le passé ! Jacques Langeron écoutait avec respect et distraction ces récits qui lui faisaient surnommer affectueusement mon père le « Ci-devant », à cause de ses cheveux blancs qui ressemblaient assez à une perruque poudrée.

Si mon père ressemblait à un ci-devant, par contre, celui de Langeron donnait assez l'idée d'un sans-culotte. Il portait sur ses larges épaules une énorme tête à la Danton ou à la Mirabeau. Il était, de plus, grêlé comme le célèbre tribun. Je l'appelais par plaisanterie : Mirabon, car la bonté rayonnait sur son visage révolutionnaire. C'était un homme excellent, cordial. Veuf, il adorait son fils Jacques et l'ami de son fils lui était sacré. Il était riche et habitait un petit hôtel, non loin de ses ateliers. Il sentait un peu le copal et le vernis, mais il était toujours très propre et rasé de près. Patron, il avait été simple ouvrier et cela se devinait par la façon dont, à table, il plongeait sa cuiller dans son potage. Il en avalait deux ou trois assiettées, ce qui lui mettait la sueur au front. Devant lui, nous ne craignions pas, Jacques et moi, de parler peinture. Le père Mirabon « respectait les arts », comme il disait, et ce fut lui qui m'acheta mon premier tableau quand je fus devenu véritablement un peintre.

Il est encore chez Jacques Langeron, ce tableau, et, quand je le revois, le souvenir me revient de nos années de collège, de nos sorties du dimanche et du jeudi, de nos causeries interminables, de nos enthousiasmes juvéniles. Certes, le temps a passé et je ne suis plus ce jeune garçon qui rêvait d'éclipser Raphaël et Legrat. Je sais, maintenant, que je ne serai jamais un grand peintre, mais j'ai la conscience d'être un artiste honnête. En vieillissant, je me suis assagi et j'ai perdu le goût de ces hardiesses à scandale, qui excitaient mon admiration d'écolier. Je prise moins l'originalité à tout prix que le mérite d'une bonne tradition picturale. Langeron n'a pas été sans influence sur cette évolution de mes goûts. Le sien est si sûr, si raffiné, si classique ! Il m'a éloigné des excentricités et je lui dois beaucoup, et, de toute façon, car si le père Langeron m'a acheté

mon premier tableau, Jacques Laugeron m'a aidé à en
vendre beaucoup d'autres, et c'est à la galerie Laugeron,
qui venait de s'ouvrir, que je fis, il y a vingt-cinq ans, ma
première exposition...

Ah ! cette galerie Laugeron ! Quel ne fut pas mon éton-
nement quand, après la mort de son père, qui laissa ses
affaires commerciales assez embrouillées, Jacques m'an-
nonça sa résolution de se faire marchand de tableaux ! La
liquidation de la fabrique de meubles ne lui conservait
pas les revenus suffisants pour mener l'existence qu'il
aimait, celle d'amateur, de collectionneur et de dilettante
d'art. Il risquait donc les capitaux qui lui restaient dans
l'entreprise dont il me faisait part. D'ailleurs, il avait une
façon à lui de l'entendre. Il prétendait qu'il y avait beaucoup d'argent à gagner en mettant en valeur des œuvres
d'avant-garde et en leur donnant la consécration tapageuse
de la publicité. Rien de plus facile, sinon de les faire accepter
par la postérité, du moins de les imposer à l'engouement
passager des contemporains. Oh ! il agirait progressive-
ment, aussi m'offrait-il l'étrenne de ses salons, mais, ensuite, il était décidé à aller aux excentriques, aux hétéro-
clites, aux bluffeurs et aux farceurs. Et, pour ces « nouveau-
tés », il prévoyait tout un public et un public mondial, car
l'art a partout ses spéculateurs, ses snobs et ses gogos. Par
exemple, il lui faudrait renoncer à ses goûts personnels. Il
y était résolu, mais il leur donnerait revanche en achetant
pour lui de la bonne peinture, avec ce que lui aurait rapporté
la vente de la mauvaise ! Ainsi parlait Jacques Laugeron, il
y a vingt ans, et, ma foi, il s'est tenu amplement parole.

Depuis vingt ans, la galerie Laugeron est le caravansérail
de toutes les tentatives d'avant-garde. Les plus insensées
y trouvent accueil. Impressionnistes, pointillistes, tachistes,
cubistes s'y sont donné rendez-vous. Laugeron a fait
accueil à tous. Des œuvres curieuses y ont coudoyé d'in-
nommables horreurs ; des tâtonnements avortés y ont
pris place à côté de réussites hardies. Depuis vingt ans, Laugeron promène devant ce kaléidoscope pictural son imper-
turbable sourire. A cette foire artistique, il a gagné beau-

coup d'argent. Des acheteurs lui sont venus des cinq parties du monde. Ces gains lui ont permis de donner à son affaire une extension considérable et il vient de faire aménager, récemment, ses salles d'exposition dans le goût le plus moderne. Vous comprenez ce que cela veut dire ; seulement, dans un coin, il y a un petit cabinet meublé de quelques bons vieux meubles anciens, avec, au mur, deux dessins d'Ingres et une sanguine de Watteau. C'est là qu'il m'emmène parfois fumer un cigare. Là, Laugeron redevient lui-même, avec son goût si fin, si sûr, là et dans sa maison de Berneuil, dans l'Oise.

Cette maison de Berneuil est une charmante bâtisse datant du milieu du xviiie siècle. Construite par M. Doriguy, qui fut trésorier des Parties casuelles, elle est de l'architecture la plus élégante et a conservé à peu près intact son vieux jardin à la française avec ses parterres, ses charmilles et ses bassins. Dès que Laugeron a une journée de liberté, il s'enfuit à Berneuil. Aucun autre luxe qu'un mobilier parfait et une table exquise et simple où l'on est servi par un vieux valet à cheveux blancs qui ressemble à un vieillard de Greuze. L'été, Laugeron invite à Berneuil quelques rares privilégiés. Je ne manque jamais de répondre à son amical appel et ce fut ainsi que je me trouvai assis à cette table à côté du marquis de Gaillardet, en face de M. Primevoix, en compagnie de Mlle Contal, de la Comédie-Française, de M. et de Mme Fillois-Marchin, du baron Le Varenger et de S. A. le prince Louis Gunther de Hartenberg.

****

Le prince Louis-Gunther de Hartenberg était un jeune homme de vingt-cinq ans, de fort bonne tournure et d'agréables manières. Il était grand, mince, élancé, habillé avec élégance et même avec une certaine recherche. On le sentait pincé, sanglé, corseté dans ses vêtements. Sur un faux-col tranchant et au bout d'un cou un peu long reposait sa petite tête fine aux traits réguliers et au teint coloré. Le front, un peu fuyant, était surmonté d'un amusant toupet de cheveux blonds. Les mouvements du corps avaient quelque chose d'un peu guindé et d'un peu mécanique, mais les yeux étaient intelligents et le sourire eût été agréable sans une légère grimace qui, parfois, le distendait. Ce sourire, qui attirait l'attention, avait, à l'examen, une expression cauteleuse et même cruelle. Le prince de Hartenberg, sympathique au premier abord, le devenait moins à la réflexion, mais on ne pouvait lui refuser un certain air de distinction. Ce jeune homme était véritablement un seigneur. Il parlait le français sans accent et ne décelait sa nationalité allemande que par certaines rudesses d'intonation. Pendant le repas, il se montra simple, courtois et même spirituel. Il répondait avec à-propos et interrogeait avec intelligence. Je n'avais pas grand goût pour les Allemands, mais j'étais bien forcé de convenir que celui-là n'était pas, en somme, déplaisant.

J'aurais eu, d'ailleurs, mauvaise grâce à ne le point trouver ce qu'il était, car, en sortant de table, il vint à moi fort gracieusement, conduit par Langeron.

Mon vieux, j'aime mieux te le dire, le prince désirait faire ta connaissance et il voudrait visiter ton atelier. Alors, je vous laisse.

Et Langeron tourna les talons pour aller retrouver Mlle Contal, tandis que le prince de Hartenberg s'inclinait légèrement, puis se mit à m'exprimer en fort bons termes ses sentiments à mon égard. Il aimait beaucoup mes portraits. Il adorait la peinture et possédait dans son château de Sünderwald une assez belle galerie de tableaux anciens. Il voulait la compléter avec des modernes et s'était adressé, naturellement, à M. Langeron. Certes, il avait vu chez lui beaucoup de choses intéressantes, mais certaines lui semblaient bien « barbares » et quelques-unes difficiles à admettre. Il ne s'offusquait pas des œuvres « avancées », mais il en aurait voulu aussi de plus mesurées et qui donnassent mieux l'idée de la grâce française, de cette grâce qu'il admirait tant. Là-dessus, le prince me dit mille choses flatteuses sur mon pays et sur nos artistes. Il avait été élevé par un précepteur suisse. Il aimait notre histoire et notre culture. Il raffolait aussi de notre XVIIIe siècle et cette maison de M. Laugeron était charmante. Il y avait, dans les jardins de son château de Sünderwald, un pavillon construit à cette même époque par un architecte français et qui faisait trouver bien lourd le rococo allemand du château. J'avais répondu de mon mieux à ses propos obligeants, quand nous fûmes interrompus par le marquis de Gaillardet et Mlle Contal, à qui Laugeron avait proposé une promenade au jardin. Je profitai de cette diversion pour m'esquiver à l'anglaise, car j'étais rappelé de bonne heure à Paris pour une affaire urgente. Comme j'allais monter dans l'auto qui m'avait amené, Laugeron me rejoignit pour me dire adieu.

— Eh bien ! es-tu content de mon prince ? Moi, je n'en suis pas mécontent ; il m'a dit qu'il me prenait les deux marines de Roquin et les *Paveurs au repos* de Salgasso. Il est intéressant, n'est-ce pas, ce jeune homme... A bientôt, je rentre à Paris après-demain pour la vente Lesgrigneux.

Et Laugeron ferma la portière de l'auto, en me faisant, de la main, un signe amical.

*
* *

Oui, elle était intéressante, et plus intéressante pour moi que ne le pouvait supposer Laugeron, cette rencontre avec le prince de Hartenberg ! Elle réveillait en moi des souvenirs déjà lointains.

Mon père, comme je vous l'ai dit, aimait fort à raconter des histoires de famille. Il en avait tout un répertoire, parmi lesquelles en figurait une que j'avais entendue souvent et que le hasard ramenait aujourd'hui à ma mémoire. Elle concernait mon bisaïeul Charles-Antoine de Vignereux. Charles-Antoine, ancien capitaine au régiment des Dragons de la Reine, avait quitté le service quelques années avant la Révolution. Bon officier, chevalier de Saint-Louis, il s'était retiré dans ses terres. Elles étaient situées non loin de la petite ville de Mouzon, sur la Meuse. Le château qu'il

habitait était proche du village de Vignereux et appartenait depuis deux siècles à notre famille. Mon bisaïeul y
menait une vie tranquille, quand éclata la tourmente révolutionnaire. Charles-Antoine n'était pas partisan des idées
nouvelles. Fidèle serviteur du roi, il déplorait les événe-
ments dont la succession funeste et rapide avait déjà
amené beaucoup de gentilshommes à sortir du royaume et à
émigrer. Il est cependant peu probable qu'il eût imité leur
exemple si une circonstance pressante ne l'y eût déterminé.
Notre famille était aimée et respectée des gens de Vignereux, mais les patriotes de Mouzon se mirent de la partie.
Venus en assez grand nombre, ils brisèrent à coups de
pierres quelques vitres du château, et plusieurs coups de
fusil furent tirés qui firent voler en éclats celles des fenêtres de la salle à manger. C'était justement l'heure du
repas, et, bien que personne n'eût été blessé, mon bisaïeul
jugea, par cette démonstration hostile, qu'il était temps
de mettre les siens en sûreté.

Cette résolution prise, Charles-Antoine la mit prompte-
ment à exécution. La nuit suivante, il quitta le château
avec sa femme et son fils, âgé de quatre ans, et se dirigea
vers la frontière, heureusement assez proche. On cheminait
par des chemins détournés, l'oreille aux écoutes, l'œil au
guet. Enfin, avec beaucoup de peines et de risques, on parvint au but. L'émigration comptait un émigré de plus et
l'armée des princes s'augmenta d'un soldat, car mon bisaïeul y prit service et y demeura jusqu'à ce qu'elle fut
licenciée. Après quoi, ce fut la vie errante à travers l'Allemagne, la tristesse de l'exil, la solitude et la pauvreté.

Sur ces pérégrinations, mon père tenait du sien maintes
anecdotes, mais il n'en était pas une qu'il préférât à celle
du séjour de nos émigrés chez le prince de Hartenberg. En
effet, ma bisaïeule avait eu, comme compagne, au couvent
où elle avait été élevée, une pensionnaire qui était devenue,
par son mariage, princesse de Hartenberg. Je ne sais comment les relations se renouèrent entre la pauvre émigrée
et la puissante princesse. Sans doute, ma bisaïeule fit-elle
appel à des souvenirs de jeunesse, mais, quoi qu'il en eût

été, mes grands-parents trouvèrent asile dans un des châteaux des Hartenberg.

Il paraît que l'hospitalité fut cordiale. Le ménage français fut accueilli avec toutes sortes de bontés et de prévenances et il en fut ainsi jusqu'au jour où un événement imprévu vint tout gâter. Mes grands-parents avaient un fils, gentil enfant dont les Hartenberg raffolaient. Il devait avoir sept ou huit ans à l'époque où l'incident se produisit. Les Hartenberg avaient donné au petit Français un minuscule cheval sur lequel il avait fort bonne façon, mais un jour où le jeune écuyer paradait dans les allées du jardin, sa monture s'emporta et ce ne fut qu'après une course désastreuse à travers les parterres ravagés que le petit cavalier parvint à s'en rendre maître. Le dégât fut considérable et les Hartenberg s'en montrèrent fort vexés. À partir de cette aventure équestre, la faveur du petit Français baissa et celle de ses parents s'en ressentit également. Peu à peu, les Hartenberg se refroidirent à leur égard et leur firent comprendre que leur présence était à charge. Mon bisaïeul, sa femme et leur fils, qui fut mon grand-père, quittèrent donc le château et s'établirent dans un village voisin, où ils demeurèrent jusqu'à la fin de l'émigration. Leur rentrée en France rompit leurs relations avec les Hartenberg et voici que le hasard remettait en présence le descendant de ces Hartenberg et l'arrière-petit-fils de l'émigré.

Tout en songeant à cette coïncidence, je revoyais le portrait de mon bisaïeul, Charles-Antoine de Vigneroux. Ce portrait, fait avant l'émigration, le montrait en son uniforme de capitaine de dragons. C'était une miniature assez médiocre, mais une des reliques de famille à laquelle mon père tenait le plus. Plus d'une fois, en regardant l'honnête et grave figure militaire du bon gentilhomme, j'avais pensé à ce qu'il avait dû souffrir durant ces dures années d'exil, et, malgré moi, j'en voulais un peu à l'Hartenberg d'aujourd'hui des mauvais procédés de son aïeul envers le mien. Néanmoins, je raisonnai ma mauvaise humeur. Ce grief séculaire était un peu puéril. Ce jeune Hartenberg avait été

peti et prévenant, et il eût été stupide de ma part de lui
tenir rigueur. D'ailleurs, nos relations se borneraient pro-
bablement à la visite de mon atelier.

Or, je me trompais dans mes prévisions. A un séjour que
fit à Paris, l'hiver suivant, le prince de Hartenberg, il
reparut chez moi. Il venait me demander de faire son portrait. Je n'avais aucune raison de refuser une commande
bien payée et les séances commencèrent. Le prince s'y montra
modèle docile et patient. Il était intelligent, remarquable-
ment instruit et aimait à pérorer. Je le laissais aller. Le
prince parlait peu de l'Allemagne et beaucoup de la France.
Il affichait pour les Français une vive sympathie, mais il
déplorait leur légèreté, leur incohérence et leur folie. Quel
dangereux usage ils faisaient de tant de dons et de tant de
qualités ! Notre état social était pitoyable et nous allions
à grands pas vers une révolution.

Un jour qu'il s'était étendu complaisamment sur ce
sujet, je lui dis en riant :

— Eh bien ! prince, s'il faut émigrer, j'irai vous demander l'hospitalité. Et, tout en continuant à travailler, je lui
contai l'histoire de mon bisaïeul. L'anecdote du petit cheval le fit beaucoup rire. Au fond, il trouvait sans doute que
les Hartenberg de jadis avaient eu raison de se débarrasser,
sous un prétexte, de ces hôtes gênants qui ravageaient les
parterres. Mais non ! Il me déclara fort gentiment que la conduite du Hartenberg de jadis le remplissait de confusion
rétrospective, sans l'étonner outre mesure, ledit Hartenberg ayant laissé dans sa famille le souvenir d'un brutal qui
battait sa femme et d'un parfait égoïste. Mais les Allemands d'à présent ne ressemblaient plus à ceux d'autre-
fois. Le peuple allemand était maintenant un grand peuple
à la tête de la civilisation, jouissant d'une kultur admirable.
Oh ! il ne prétendait pas, lui, être représentatif du véritable
Allemand de valeur. Son seul mérite était d'aimer les arts
et sa seule ambition de réunir quelques bons tableaux. Je
devrais bien venir les voir un jour. Par la même occasion,
je visiterais les lieux où avaient séjourné mes grands-parents émigrés. D'après lui, ce n'était pas à Sunderwald qu'ils

avaient dû être hébergés, mais à Elkausen, Sünderwald n'étant entré en possession des Hartenberg que plus tard, Elkausen ne lui appartenait pas. C'était la résidence de son oncle, le prince Ulrich, et de sa tante, la princesse Jacobéa. Frère et sœur, ils y vivaient ensemble. Si cela pouvait m'intéresser, il me conduirait très volontiers à Elkausen. Je verrais un beau pays.

Cependant, le portrait s'avançait et il 'en semblait fort content. Il s'y regardait avec complaisance, en laissant tomber son monocle. Le prince se trouvait joli garçon et sa fatuité naïve m'amusait. Peu à peu, il s'était familiarisé avec moi, et, quand il partit, il était sur le point de me raconter ses bonnes fortunes berlinoises et ses succès parisiens.

Néanmoins, malgré le goût qu'il manifestait pour Paris, le prince de Hartenberg n'y reparut pas durant les deux années qui suivirent notre rencontre. Ce furent pour moi deux années de travail acharné où j'oubliais quelque peu mon Hartenberg, de même que je ne pensais plus guère à mon projet de voyage à Elkausen. Il en fut ainsi jusqu'au printemps suivant où s'ouvrit à Munich l'exposition de l'art du xviii° siècle. Laugeron, qui était allé assister à l'inauguration, en était revenu fort excité. Il ne fallait pas que je manquasse une pareille fête. Laugeron fut si pressant que je me décidai à suivre son conseil, et, par la même occasion, à pousser jusqu'au château d'Elkausen. J'écrivis donc mes intentions au prince de Hartenberg. Il me répondit, avec le plus aimable empressement, que son oncle Ulrich et sa tante Jacobéa seraient enchantés de faire la connaissance d'un artiste parisien dont il leur avait souvent parlé. Il ne serait pas à Munich au moment où j'y viendrais, mais il me donnait rendez-vous à Elkausen pour une date qu'il me proposait et que j'acceptai.

Je ne vous parlerai pas de mon voyage et de mon séjour à Munich. Le prince de Hartenberg m'avait confirmé notre rendez-vous d'Elkausen et je me mis en mesure de m'y trouver à la date convenue. En approchant d'Elkausen, je songeais à mon bisaïeul l'émigré. Il avait dû faire à peu près ce même chemin que je parcourais aujourd'hui, confortablement installé dans un wagon luxueux. Je l'imaginais allant de ville en ville, d'auberge en auberge, pauvrement, selon ses minces ressources d'exilé : quelques louis d'or au fond d'une bourse, quelques petits diamants cousus dans la doublure de son habit et mal vendus à des Juifs avides. Cette hospitalité princière vers laquelle il se dirigeait avait dû lui sembler une aubaine providentielle dans sa détresse errante. Il avait dû en escompter la douceur et en constater amèrement, ensuite, les désillusions. Et, ma foi, j'étais ému à la pensée de voir ces lieux où avaient vécu, pendant quelque temps, Charles-Antoine de Vignereux, sa femme et leur fils, le petit ravageur de parterres.

Ce fut dans ces pensées que j'arrivai à Breitdorf. C'est le nom de la gare où l'on descend pour gagner Elkausen. J'avais pris pied sur le trottoir et je me tenais debout auprès de ma valise, quand un grand diable s'empressa vers moi et me demanda, en mauvais français, si j'étais bien M. François de Vignereux. A ma réponse affirmative, il me salua cérémonieusement, et, après m'avoir décliné sa qualité, qui était celle d'intendant d'Elkausen, il me tendit un pli cacheté. C'était une lettre du jeune prince de Hartenberg ; il s'excusait de manquer au rendez-vous qu'il m'avait donné, mais il avait été appelé à Berlin par une affaire urgente. Il n'aurait donc pas le plaisir de m'introduire à Elkausen. Je fus un peu déçu, mais il était trop tard pour reculer. Le grand diable d'intendant attendait ma décision, chapeau bas, et ce fut avec force courbettes qu'il s'empara de ma valise pour me conduire à la voiture qui devait me mener à Elkausen. C'était un antique landau, avec des lanternes argentées, comme ceux qui servent aux noces. Je remarquai la maigreur et l'efflanquement des chevaux, mais mon attention fut détournée par le véhicule qui stationnait auprès du landau et qui était destiné à transporter mes bagages. C'était un énorme fourgon propre à tout un déménagement. Diable ! le prince Ulrich faisait bien les choses, mais mon humble valise allait faire petite mine dans ce hangar roulant. Bagage d'émigré, pensai-je, et, sur cette réflexion, je montai dans le landau dont M. Seidtz, l'intendant, referma sur moi, avec de nouveaux saluts, les portières largement armoriées.

La route qui va de Breitdorf à Elkausen est fort belle et traverse des plaines bien cultivées et des bois pittoresques, au sortir desquels on aperçoit, au bout d'une large avenue bordée d'arbres magnifiques, le château d'Elkausen. C'est une grande bâtisse d'une architecture assez plate, malgré ses prétentions à jouer les Versailles d'outre-Rhin, et dont les terrasses qui la soutiennent dominent de vastes jardins. Du premier coup d'œil je reconnus les parterres dont mon grand-père enfant avait saccagé les fleurs, en ses prouesses d'écuyer précoce et de petit Français turbulent. Mais je n'eus pas le temps de m'attarder à ce souvenir. M. l'intendant était déjà à la portière, escorté de cinq ou six grands laquais qui nous précédèrent dans le vestibule où je fus remis aux mains d'une sorte de majordome qui me conduisit, à travers d'interminables corridors, ornés de portraits fumeux et de trophées de chasse, à la chambre que je devais occuper.

Elle était immense et somptueusement meublée. Quelque Hartenberg avait dû rapporter le mobilier d'Italie, car il était du plus rocailleux rococo vénitien. Fauteuils, commodes, tentures, consoles contournées, tout y reluisait d'un or abondant ; des glaces peintes de fleurs complétaient la décoration et, au-dessus de ma tête, s'arrondissait un plafond mythologique et tiépolesque. Quant au lit, pour y dormir dignement, il eût fallu être coiffé, en guise de bonnet de nuit, d'un bonnet de doge. Mais je n'avais pas ces accoutrements dans ma valise et je me bornai à en tirer de quoi changer mon costume de voyage par un habillement plus convenable, afin de me présenter décemment devant mes hôtes.

Ce fut M. Seidtz qui vint me chercher pour procéder à cette cérémonie. Je dus parcourir de nouveau d'intermi-

nables corridors, car les appartements du prince étaient
situés à l'autre bout du château.

Le prince Ulrich de Hartenberg était un petit vieux au
visage rose et à grosse tête, sur un corps trapu. Il avait les
jambes et les bras trop courts, ce qui donnait à ses gestes
quelque chose d'inachevé. Par contre, il s'exprimait en
français avec beaucoup d'aisance. Son accueil fut bienveil-
lant et prit la forme d'une sorte de discours qu'il
m'adressa. Il y fit discrètement allusion à ce
qu'il appela nos anciennes relations de famille, à la sympathie que me témoignait son neveu, au regret que ce der-
nier avait éprouvé de ne pouvoir se trouver à Elkansen. Il
ajouta qu'il était fort honoré de recevoir chez lui un Français de marque et qu'il espérait que je ne me déplairais
pas trop à Elkansen. Le château pouvait intéresser un
artiste et il m'offrit de m'en faire visiter les curiosités, sa
sœur, la princesse Jacobéa, étant un peu souffrante et ne
pouvant paraître qu'à l'heure du dîner.

Cela dit, nous nous mîmes en route, précédés de
M. Seidtz qui ouvrait les portes devant nous.

Le château d'Elkansen était, en effet, une assez curieuse
demeure. Il possédait de nombreux salons, une biblio-
thèque imposante, une salle de porcelaine, une galerie
chinoise, une salle de bal peinte à l'italienne et des lieues
de corridors ; tout cela présentait un curieux mélange de
luxe et de délabrement. Elkansen était mal entretenu. De
temps en temps, le prince Ulrich s'arrêtait pour faire, en
allemand, des observations à M. Seidtz qui les acceptait
la tête basse et l'échine pliée. Nous arrivâmes ainsi aux jardins. Comme je l'ai dit, ils étaient vastes, mais négligés. Les
arbres étaient mal taillés, les bassins à l'abandon. Quant aux
fameux parterres de fleurs que mon grand-père avait jadis
bouleversés sous les sabots de son petit cheval, ils étaient
maigrement ensemencés et pauvrement cultivés. Cette
visite domiciliaire et cette promenade rustique nous me-
nèrent jusqu'à l'heure du dîner. Ma toilette achevée, je vis
reparaître de nouveau l'inévitable M. Seidtz, suivi, cette

fois, du majordome à qui il me confia pour me conduire auprès de la princesse Jacobéa.

Elle m'attendait, en compagnie de son frère qui fit la présentation. Tout en me penchant pour baiser la main qui m'était tendue, j'en remarquai les doigts épais et la peau boursouflée. Diable ! la princesse Jacobéa n'était pas une pâle fleur de légende : c'était une grande et grosse femme qui, malgré sa taille et sa corpulence, donnait l'idée qu'elle n'était pas remplie à l'intérieur de sang et de muscles, de chair et d'os, mais de son et de chiffons ou plutôt d'air et de vent. La princesse Jacobéa semblait n'avoir ni poids, ni consistance. Énorme, ballonnée, molle, flottante, elle était accoutrée à la façon d'une poupée et on s'étonnait qu'elle remuât et parlât. Elle n'était pas précisément laide, mais prodigieusement comique, avec son visage rebondi, percé d'yeux trop tendres et qui semblaient n'avoir jamais rien vu de la vie. Vêtue d'une riche toilette de soirée, couverte de bijoux, terriblement parfumée, elle était assise dans une grande bergère adossée à un paravent. Autour d'elle, s'accumulaient d'innombrables petites tables, des poufs de formes bizarres, des étagères, des vitrines pleines d'objets de camelote et qu'on eût dit gagnés à des foires de village où elle eût elle-même fort bien figuré sur le tourniquet. Et j'eus l'impression d'avoir gagné un de ces bibelots que le sort nous alloue et dont on ne sait que faire, quand, la princesse à mon bras, je me dirigeai vers la salle à manger, suivi sur ses courtes jambes, par le prince Ulrich.

Durant tout le dîner, le prince Ulrich fut de fort bonne humeur et parla avec animation, comme s'il eût voulu me faire oublier la parcimonie du repas. On faisait maigre chère à Elkausen et le luxe du service dissimulait mal la médiocrité des mets. Mais, après tout, ce régime sévère avait-il peut-être pour cause d'épargner à l'embonpoint de la princesse Jacobéa les tentations de la gourmandise ? Je crus discerner quelque chose de cela dans certains propos du prince et dans certaines façons de regarder sa sœur, quand elle chargeait trop son assiette. Néanmoins, la pré-

sence sur la table de plusieurs jattes, dont les fruits étaient
figurés en cire, ne laissa pas de m'étonner. Mais le jeune
Hartenberg ne m'avait-il pas averti. Son oncle était un
vieil original. Il parlait d'ailleurs avec amitié de son neveu.
Louis-Gunther était un charmant garçon. Son seul défaut
était d'être quelque peu prodigue. A quoi bon acheter
d'affreux tableaux modernes, quand on a chez soi de belles
vieilles choses ? Le propos m'amusa, car, enfin, j'étais un
peintre moderne, mais le prince Ulrich ne s'aperçut pas
de mon sourire et continua sa diatribe contre les dissi-
pateurs.

Je ne sais si la princesse Jacobéa s'était rendu compte du
manque de tact de son frère, mais, le lendemain, elle me
demanda de crayonner quelques esquisses d'après elle.
Peut-être voulait-elle seulement tirer profit de ma présence
à Elkausen. Quoi qu'il en fût, je consentis de bonne grâce.
La princesse Jacobéa me fascinait.

La princesse Jacobéa posait dans le petit salon où elle
m'avait reçu. C'était, disait-elle, de tout le château sa
« pièce favorite », celle qu'elle avait meublée et ornée à son
goût. La princesse Jacobéa s'y montrait à moi dans un
costume qui ne déparait pas le décor hétéroclite où elle
m'apparaissait. Elle portait une étonnante robe de tar-
latane vert pomme, enguirlandée de fleurs artificielles.
Sur sa tête se balançait une coiffure de plumes endia-
mantées. Un collier de cabochons cerclait son cou et des
bracelets enserraient ses bras rebondis. En la voyant j'eus
quelque peine à garder mon sérieux. Mais on n'a pas souvent l'occasion de fixer d'aussi étonnantes images et je me
mis en devoir de profiter de celle qui m'était offerte. D'ailleurs, la princesse Jacobéa s'y prêtait avec une bonne
volonté et une naïveté désarmantes. Elle posait si sage-
ment et si complaisamment, cherchant à animer la séance
par une causerie où elle déployait toutes ses grâces ! Le
prince Ulrich ne dédaignait pas d'y prendre part. Sa sœur
et lui se prodiguaient les agaceries, les gentillesses, les
petits noms tendres. Tout ce manège, un peu ridicule, me
paraissait, en somme, assez touchant. Ils ne ces-

aient de s'interroger l'un et l'autre sur leurs
santés réciproques et tous deux en faisaient des
plaintes et des doléances infinies. A les entendre, on eût
cru qu'ils n'avaient plus que quelques heures à vivre et
que leurs instants fussent comptés. Mais alors que devien-
drait le survivant et, à cette pensée, ils s'attendrissaient.
La séparation éternelle leur serait particulièrement cruelle
à eux qui, ni l'un ni l'autre, n'avaient voulu se marier
afin de ne se point quitter. Tout ce débat s'accompagnait
de protestations, de mamourleries que je finissais par trouver quelque peu suspectes, car cet étalage de sentimenta-
lités était parfois démenti par l'ironique et dur regard que
le prince Ulrich fixait sur sa sœur et par le coup d'œil froid
et soutenu que celle-ci lui lançait à son tour. Il y avait
décidément, en ces bons Allemands, quelque chose que je
ne comprenais pas.

Cependant, comme j'avais fait de l'étonnante princesse Jacobéa une dizaine d'esquisses et que le prince
Louis-Gunther ne reparaissait toujours pas à Elkausen,
j'annonçai mon départ pour un prochain jour. A cette
nouvelle, la princesse Jacobéa se récria. Sa grosse figure
grimaça d'une moue désolée et comiquement enfantine.
Je crus vraiment qu'elle allait pleurer. Le prince Ulrich,
par contre, accepta mieux ma décision, quoiqu'il crût bon
de chercher à me retenir ; mais je me souvenais de l'histoire de mes émigrés et de l'anecdote du petit cheval et
j'en avais conclu qu'il ne faut pas user outre mesure de
l'hospitalité allemande. J'avais vu, cet Elkausen, que je
désirais voir, mon séjour s'y était fort bien passé, malgré
l'absence du prince Louis-Gunther, et il m'eût semblé
imprudent de le prolonger davantage, quelles que fussent
les civilités du prince Ulrich et les instances de la princesse Jacobéa.

Le matin de mon départ qui était fixé pour neuf heures,
je me levai tôt. J'avais fait, la veille au soir, mes adieux
à mes hôtes. Tout finissait donc pour le mieux. Je le cons-
tatai en me promenant une dernière fois dans les jardins
d'Elkausen. Il faut vous dire que ces jardins contiennent

outre leurs parterres, un amusant ensemble de bosquets et
de labyrinthes. Je m'étais engagé dans l'un d'eux, quand je
fus assez étonné d'entendre des voix. Généralement, à
cette heure matinale, ils étaient déserts. Je m'avançai
de quelques pas dans la direction des promeneurs inconnus,
lorsque, par une échappée entre les buis, j'aperçus, à quelques pas de moi, le prince Ulrich et la princesse Jacobéa.

Ils étaient en déshabillé du matin et j'avoue que cette
tenue ne leur était pas avantageuse. Le prince Ulrich était
minable et la princesse Jacobéa vraiment monstrueuse
de bouffissure. Ils parlaient avec beaucoup d'animation,
arrêtés à un rond-point d'où ils ne pouvaient découvrir
ma présence. J'allais m'éloigner discrètement, quand mon
nom prononcé retint mon attention. La voix aiguë du
prince Ulrich s'élevait sur un ton irrité :

— Oui, je vous dis que vous êtes une vieille folle et
qu'il faudrait vous enfermer. Les grands-parents de ce
Français ont pu raconter que nos grands-parents à nous les
avaient mis à la porte parce que leur fils se comportait,
dans les fleurs, comme un cochon. Mais lui, que pourra-t-il
dire des filles allemandes ? Vous croyez que je ne vous ai
pas vue faire la coquette avec ce peintre. Vous n'aviez
d'yeux que pour lui. Et dire que vous prétendiez n'avoir
jamais regardé un homme et n'avoir jamais voulu vous
marier pour ne pas vous séparer de moi. Si vous êtes res-
tée fille, c'est que vous n'en avez jamais trouvé un qui
veuille de votre laide figure, tandis que moi, j'aurais pu
vingt fois...

— Vous, sale Ulrich, mais regardez-vous donc. Est-ce
que le peintre français a seulement pensé à faire un dessin
de votre tête ? Ah ! oui, regardez-vous, et puis vous êtes
trop malade !

— Malade, moi, malade, c'est vous qui l'êtes, fille éhon-
tée. Malade, mais je vivrai plus que vous, avec toute votre
graisse d'oie qui vous étouffe, bien plus que vous, et j'aurai Elkausen tout entier, à moi tout seul, entendez-vous,
à moi tout seul.

Furieux, le prince Ulrich frappait du pied avec rage

Tout à coup, il fit un geste et un soufflet retentissant s'ap-
liqua sur la joue rubiconde de la princesse Jacobéa. Malgré
sa corpulence, elle s'était jetée sur son frère avec une
vivacité que je n'eusse pas soupçonnée de sa grosse personne. Ils formaient un groupe grotesque et pitoyable
d'où sortaient des jurements et des cris, puis des sanglots,
car la pauvre Jacobéa n'était pas la plus forte. Je la vis
lâcher prise et chercher à s'enfuir, trébuchante et obèse,
tandis que le prince Ulrich la poursuivait, la canne haute,
qu'il faisait retomber rudement sur la croupe rebondie et
princière qui disparut à l'angle d'un bosquet...

A mon retour, j'écrivis à Hartenberg pour le remercier
de m'avoir procuré le plaisir de visiter Elkausen. Mais
j'omis de lui dire le beau tableau d'amour fraternel qu'a-
vaient posé pour moi, à l'allemande, le prince et la princesse Jacobéa. J'étais édifié sur les vertus familiales des
Hartenberg. Aussi avec quelle joie je retrouvai notre vieille
et douce France et ses honnêtes figures françaises, aussi
bien celle de mon bisaïeul l'Emigré, avec sa perruque poudrée, que celle de mon ami Jacques Langeron, chez qui
m'était apparu, pour la première fois, avec sa petite tête
féodale et cruelle, Louis-Gunther, prince de Hartenberg !
Il fut tué dans les premiers mois de la guerre, après s'être
signalé en Belgique. Quant au prince Ulrich et à la princesse Jacobéa, j'ignore si la mort de l'un ou de l'autre a
enfin mis le survivant en tranquille et entière possession
du château d'Elkausen où ils attendent encore ce qu'en
décidera le bon « Vieux Dieu ».

Fontenay-aux-Roses. — Imp. L. Bellenand. — 24491.

9 782329 267036